내 여행의 추억을 함께 나눌 이에게. 날 도와준 갸엘에게 고마운 마음을 전합니다. _ 밀렌

파리 주재 인도 대사관의 홍보팀과 문화정보팀(남라타 쿠마르 부인과 비제 칸두자,
V. 투르테트 씨)과 외교부 힌디부서의 협조에 진심으로 감사드립니다.

글 안 브누아 르나르

프랑스에서 태어났고, 어린 시절부터 글쓰기를 좋아해서 작가가 되었어요.

인도 문화를 좋아해 인도 여행에서 느낀 점을 바탕으로 어린이들을 위한 책을 주로 썼어요.

지은 책으로는 〈게으름뱅이를 위한 독소 제거 요법〉, 〈스트레스 해소법〉 등이 있어요.

그림 밀렌 리고디

프랑스 캉탈에서 태어났어요. 어린 시절에는 소라, 귀뚜라미, 풍뎅이를 즐겨 길렀고 호기심이 많았어요.

작은 것까지 꼼꼼히 관찰하는 성격이 그림을 그리는 데 도움이 되었어요.

그린 책으로는 〈도깨비 학교〉, 〈아빠 루이의 비밀〉 등이 있어요.

옮긴이 이정주

서울여자대학교와 같은 학교 대학원에서 불어불문학을 공부했어요. 지금은 방송과 출판 분야에서

전문 번역인으로 활동하며 우리나라 어린이와 청소년에게 재미와 감동을 주는 프랑스 책을 직접 찾기도 해요.

옮긴 책으로는 〈천하무적 빅토르〉, 〈넌 빠져!〉, 〈아빠의 인생 사용법〉, 〈강아지 똥 밟은 날〉,

〈혼자 탈 수 있어요〉, 〈심술쟁이 내 동생 싸게 팔아요〉가 있어요.

헬로 프렌즈

나바니와 함께하는 델리 이야기

글 안 브누아 르나르 | **그림** 밀렌 리고디 | **옮긴이** 이정주

펴낸이 김희수 **펴낸곳** 도서출판 별똥별 **주소** 경기도 화성시 병점1로 218 씨네샤르망 B동 3층

고객 센터 080-201-7887(수신자부담) 031-221-7887 **홈페이지** www.beulddong.com **출판등록** 2009년 2월 4일 제465-2009-00005호

편집 · 디자인 꼬까신 **마케팅** 백나리, 김정희 **이미지 제공** 셔터스톡

ISBN 978-89-6383-688-1, 978-89-6383-682-9(세트), 3판 All rights reserved. Copyright ⓒ2011 by beulddongbeul

Navani de Delhi by Anne Benoit-Renard
Copyright ⓒ 2010 by ABC MELODY Editions All rights reserved throughout the world
Korean Translation Copyright ⓒ 2011 by Beulddongbeul, Korea
This Korean edition was published by arrangement with ABC MELODY Editions, France through Milkwood Agency, Korea

나바니와 함께하는 델리 이야기

안 브누아 르나르 글 | 밀렌 리고디 그림

나마스테, 내 이름은 나바니야.
난 델리에 살아.
나랑 같이 우리 가족과 친구들을
만나러 갈래?

별똥별

일곱 살 소녀 나바니는 델리에 살아요.
델리에는 절, 모스크*, 독특한 향신료를 파는 가게가 많지요.
역사적인 기념물과 아름다운 공원도 있고요.
'붉은 성'이라 불리는 델리 성 가까이 있는 새 병원에는
새들이 아픈 데가 있으면 스스로 날아와 치료를 받아요.
심지어 토끼도 치료하러 온대요.

*모스크 : 이슬람교에서 예배하는 건물이에요.

델리는 무척 크고 시끌벅적한 도시예요.
2천만 명이나 되는 사람들이
인도 곳곳에서 몰려와 살고 있거든요.
그래서 서로 자기 고향 말로 이야기하면
알아듣지 못할 때도 있어요.

8

일요일에 나바니네 가족이 로디가든으로 소풍을 갔어요.
용수나무 그늘에서 이야기를 나누며 점심을 맛있게 먹지요.
곳곳에 달리기를 하거나 요가를 하는 사람들도 있어요.
나바니는 점심을 먹은 뒤 친구들을 만나러 갈 거래요.
"엄마, 친구들이랑 놀다 올게요."
나바니는 영화 속 주인공처럼 노래하고 춤추는 상상을 했답니다.

12

나바니는 할머니, 엄마, 아빠, 오빠, 삼촌, 숙모와 함께 살아요.
그런데 집이 너무 좁아서 다 같이 한방을 쓴대요.
나바니의 오빠는 크리켓을 무척 좋아해요.
그래서 토요일마다 인도에서 가장 깨끗한 공원인
릿지파크에 가서 친구들이랑 연습하지요.

13

"꽃 사세요! 다홍색 히비스커스, 주황색 금잔화, 향이 좋은 재스민도 있어요."
나바니 엄마는 길에서 향기로운 꽃을 팔고,
아빠는 집 건물 1층에서 사리* 가게를 해요.
"아저씨, 사리 색깔들이 참 아름답네요."
"네, 저희 집 사리는 색이 곱답니다. 그중에서도 황금색과
은색 실로 수놓은 사리는 반짝반짝 눈부시게 아름답지요."

*사리 : 인도 여성들이 입는 전통 옷이에요.

나바니는 아침마다 친구들과 함께 오토바이 릭샤를 타고 학교에 가요.
"와! 릭샤가 무지 흔들리는걸."
"난 흔들려서 더 재미있어!"
학교에 도착한 나바니와 친구들이 신발을 벗고 교실에 들어가네요.
인도에서는 신발을 신고 실내에 들어가면 예의에 어긋나거든요.

16

17

18

나바니네 선생님은 긴 머리에
재스민 꽃을 달아서 늘 좋은 향이 나요.
"여러분! 오늘은 간디에 대해 배울 거예요."
인도는 간디의 노력으로 영국으로부터 독립했어요.
나바니는 학교에서 역사 외에도 힌디 어와 영어로
읽기, 쓰기도 배운답니다.

나바니랑 가장 친한 친구는 프리티예요.
"프리티, 방울 소리에 맞춰 인도 춤을 추자."
황금색 장신구에 긴 비단 치마를 입고
맨발로 춤을 추는 나바니랑 프리티는
진짜 인도 무용수가 된 것 같은 기분이 들었어요.
"어유, 인도 춤은 외워야 할 손동작과 발동작이 너무 많아.
나바니, 그래도 정말 신난다!"

뚱따라땅땅, 둥두루둥둥!
이른 밤 나바니 가족의 작은 음악회가 열렸어요.
삼촌은 큰 기타처럼 생긴 시타르를 연주하고,
아빠는 작은북 두 개로 된 타블라를 연주하지요.
나바니는 할머니와 함께 반주에 맞춰서 노래를 불러요.
음악은 나바니 가족과 이웃들에게 편안함을 준대요.

주말이 되어 나바니네 가족은 사원에 갔어요.
인도에는 많은 신이 있는데 그중에 가네샤는
팔이 네 개이고 코끼리 얼굴을 하고 있어요.
어린이를 지켜 주고, 악을 쫓아 주지요.
엄마는 신상들 앞에 향, 꽃, 과일을 놓으며 기도했어요.
"가네샤 님, 우리 아이들을 잘 돌봐 주세요."

24

25

저녁에 엄마는 고추, 강황, 사프란, 겨자씨, 카민과 같은
독특한 향이 나는 향신료를 넣어서 음식을 만들었어요.
"나바니! 디저트로 먹을 파파야와 망고를 가져오렴."
"네. 엄마, 오늘 음식은 맛도 향도 최고예요!"
인도 사람들은 오른손으로 음식을 먹어요.
식사 후, 어른들은 우유에 홍차와 향신료를 넣은 달콤한 차이를 마시지요.

27

델리에서는 일 년 내내 축제가 열려요.
그중에 홀리 축제는 색의 축제예요. 어른 아이 할 것 없이
초록, 파랑, 빨강, 주황색 가루와 물감을 뿌리면서 놀지요.
또한 두세라 축제는 선이 악을 물리친 것을 기념해요.
나바니도 가족과 함께 두세라 축제를 보러 왔어요.
사람들은 폭죽이 든 커다란 인형을 불태웠어요.

방학이 되자 나바니는 아그라에 놀러 갔어요.
아그라는 델리 남쪽에 있는 아름다운 도시예요.
특히 하얀 대리석으로 만든 화려한 건물, 타지마할로 유명하지요.
전 세계의 많은 사람이 타지마할을 보러 온답니다.

나바니네 가족이 손을 모아 인사하네요.
"델리에 놀러 오세요.
기다릴게요. 알비다(안녕)!"

델리의 멋진 볼거리

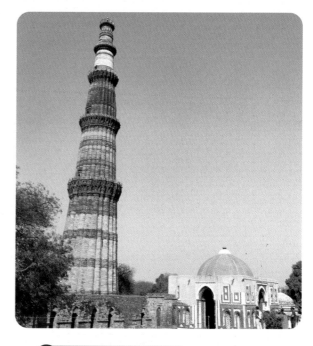

쿠투브 미나르

인도 최초의 왕조인 술탄 쿠투브 우딘 아이바크가 세운 탑이라는 뜻이에요. 오늘날 델리에 남아 있는 가장 오래된 유적으로 델리 최고의 볼거리예요. 유네스코에서 지정한 세계 문화유산이에요.

자마 마스지드 이슬람 사원

인도에서 가장 큰 이슬람 사원이에요. 타지마할을 세운 샤자한이 마지막으로 만든 건축물이라고 해요.

국립 간디 박물관

인도의 성자 간디를 기념하기 위해 만든 박물관
이에요. 간디가 죽기 전까지 살았던 곳이에요.
간디의 삶과 업적, 유품, 사진 등이 전시되어 있
어요. 간디가 옷을 지을 때 사용한 물레도 전시
되어 있어요.

후마윤 묘지

1570년에 세운 인도 최초의 정원식 무덤으로 거
대한 정원 한가운데 무덤이 있어요. 무굴 제국
의 제2대 황제 후마윤을 기리기 위해 만들었어
요. 유네스코에서 지정한 세계 문화유산이에요.

인도의 멋진 볼거리

HELLO Friends
헬로 프렌즈

타지마할

옛 무굴 제국의 수도였던 아그라의 남쪽에 있는 인도의 대표적인 이슬람 건축물이에요. 흰 대리석으로 만든 궁전 형식의 화려한 무덤이에요. 무굴 제국의 황제가 사랑했던 왕비를 기리며 만들었어요. 유네스코에서 지정한 세계 문화유산이에요.

아그라 요새

타지마할 근처에 있는 아그라 요새는 붉은 사암으로 만들어져 '붉은 성'이라고도 불려요. 무굴 제국의 중요한 기념물로 유네스코에서 지정한 세계 문화유산이에요.

엘리판타 석굴

뭄바이 인근 엘레판타섬에 있는
힌두교 석굴 사원이에요.
동굴 안에는 시바신을 나타내는
여러 가지 조각품들이 있어요.
유네스코에서 지정한
세계 문화유산이에요.

갠지스강

인도 북부를 흐르는 강이에요. 힌두교에서 숭배 대상이 되는 유명한 강
이며, 강가에는 사원이 많이 지어져 있어요. 힌두교를 섬기는 사람들은
갠지스강에서 목욕을 하면 죄를 씻을 수 있다고 믿고 있어요.

인도의 국기

귤색은 용기와 희생을, 하양은 진리와
평화를, 초록은 공평함을 나타내요.
가운데 있는 파랑 바퀴는 물레인데,
24개의 바큇살은 24시간을 뜻해요.

정식 명칭 인도 공화국
위치 남부아시아
면적 약 328만 7천㎢ (한반도의 약 15배)
수도 뉴델리
인구 약 14억 4171만 명 (2024년 기준)
언어 힌디어, 영어 등 16개 공용어
나라꽃 연꽃

뉴델리

타르 사막

뭄바이

방갈로르